To Marian, with love. Only her endless encouragement
made this book possible. R.B.

To Rody. M.E.

Library of Congress Cataloging-in-Publication Data

Baden, Robert, 1936–
[And Sunday makes seven. Spanish]
Y domingo, siete / recontado por Robert Baden;
    ilustrado por Michelle Edwards.
        p.   cm.
Translation of: And Sunday makes seven.
Summary: Twelve witches reward Carlos for adding
to their song about the days of the week, but when
Carlos' greedy cousin Ricardo sings for the witches,
    he receives an unpleasant surprise.
        ISBN 0-8075-9355-9
[1. Days—Folklore.   2. Folklore—Costa Rica.
    3. Spanish language materials.]
    I. Edwards, Michelle, ill.   II. Title.
PZ74.1.B25   1990   89-37824
398.27'097286—dc20   CIP
[E]   AC

Text © 1990 by Robert Baden.
Illustrations © 1990 by Michelle Edwards.
Designer: Karen Johnson Campbell.
Published in 1990 by Albert Whitman & Company,
6340 Oakton Street, Morton Grove, Illinois 60053.
Published simultaneously in Canada by
    General Publishing, Limited, Toronto.
Printed in the U.S.A. All rights reserved.
10   9   8   7   6   5   4   3   2

Y Domingo, Siete

Recontado por
Robert Baden

Ilustrado por
Michelle Edwards

Traducido por
Alma Flor Ada

ALBERT WHITMAN & COMPANY • MORTON GROVE, ILLINOIS

Hace mucho tiempo, cuando todavía ocurrían cosas mágicas, vivían dos primos en Costa Rica. Carlos era bondadoso, pero muy pobre. Vivía con su mujer, Ana, en una casita vieja en las afueras de un pueblecito.

Al otro lado del camino, detrás de una alta tapia de adobe bordeada de bellos árboles, vivía Ricardo, en una mansión que era toda para él solo. Era muy rico, pero nunca ayudaba a nadie menos afortunado que él. A pesar de todo, Carlos siempre sonreía al verlo, porque Ricardo tenía, en la punta de la nariz, una verruga oscura idéntica a la que Carlos tenía en la suya.

Algunas veces, Carlos y Ana soñaban con ser ricos como Ricardo. Pero entonces Ana decía: —En realidad, ustedes no son tan diferentes. ¡Fíjate en su nariz! Y Carlos y Ana se morían de la risa.

Una mañana, como Carlos no pudo encontrar trabajo en las fincas cercanas al pueblo, se internó en las montañas con su viejo burro para cortar madera. Trabajó muy duro todo el día. Antes de que se diera cuenta, el sol había empezado a ocultarse. Cuando dejó de trabajar, los árboles ya se habían cubierto de sombras.

Carlos rápidamente cargó su burro y trató de salir del bosque. Pero muy pronto había oscurecido tanto que no se podía ver nada.

—¿Qué haré? —le preguntó a su burro. Pero el burro se limitó a pestañear con sus ojos tristes.

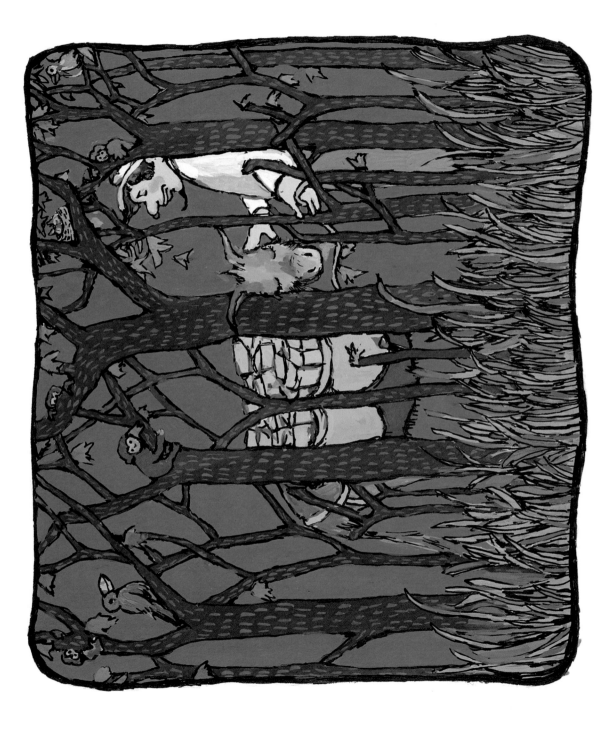

Carlos se trepó a un árbol y miró alrededor. Observando cuidadosamente, al fin vislumbró una lucecita distante.

Ansiosamente, Carlos arreó al burro en dirección a la luz. De cuando en cuando se subía a algún árbol para asegurarse de que seguían en buen rumbo.

—Debe de haber alguien allí— dijo—. Quizá nos den albergue hasta la mañana.

Por fin Carlos y su burro llegaron a un claro junto a una casa grande, brillantemente iluminada. Las ventanas estaban cubiertas con sábanas viejas, y Carlos no podía ver el interior. Pero sí podía oír un canto agudo que salía de la casa. Sonaba como si alguien raspara una pizarra con las uñas. El ruido le ponía de puntas los vellos de la nuca.

—Quédate aquí —le murmuró al burro—. Voy a ver si encuentro un sitio donde podamos dormir.

A medida que Carlos se acercaba a la casa, la música parecía aumentar de sonido. El corazón le empezó a latir más rápidamente y al llegar a los escalones destartalados vaciló.

—¿Hay alguien en casa? —preguntó. Pero el canto era ahora tan alto que casi ni podía oír su propia voz asustada. Subió al portal y golpeó la puerta, pero nadie contestó.

Ll enándose de valor, Carlos empujó la puerta. Cuando se abrió, se encontró ¡frente a un círculo de doce horribles BRUJAS! Todas vestidas de negro, bailaban sin ritmo y cantaban desafinadamente a todo lo que daban sus voces chillonas:

Lunes y martes y miércoles — ¡tres!
Lunes y martes y miércoles — ¡tres!

A Carlos le temblaban las rodillas, pero no podía dejar de escuchar el canto. La letra de la canción de las brujas no cambiaba nunca y seguían cantando una y otra vez:

Lunes y martes y miércoles — ¡tres!
Lunes y martes y miércoles — ¡tres!
Lunes y martes y miércoles — ¡tres!

Carlos estaba como hipnotizado por la repetición que no se acababa. ¿Por qué no terminaban ese canto tan extraño? se preguntaba. Y sin pensarlo, de pronto cantó tan alto como pudo:

Jueves y viernes y sábado — ¡seis!

Instantáneamente, las brujas dejaron de cantar. Las doce brujas miraron a Carlos. Luego, agarraron y lo llevaron al medio del cuarto. Carlos había dejado de temblar. ¡Se había quedado congelado de puro miedo!

Las brujas formaron un círculo alrededor suyo y todas empezaron a gritar al mismo tiempo.

Una graznó: —¿Hiciste tú esa rima magnífica?

—¿Fuiste tú quien cantó tan hermosamente? —chilló otra.

Carlos estaba tan asustado que no podía decir una palabra. Se limitó a asentir con la cabeza. Entonces las brujas aplaudieron y bailaron y empezaron a cantar su nueva canción:

Lunes y martes y miércoles —¡tres!
Jueves y viernes y sábado —¡seis!

Después que pasó un largo tiempo, se pararon.

—¡Debemos recompensar a nuestro nuevo amigo! —dijo una de las brujas—. ¡Vamos a darle oro! Cada una trajo una bolsa grande de oro y la colocó en el suelo frente a Carlos.

—¡Debemos hacer algo más por este cantante maravilloso! —gritó la más fea de las brujas—. ¡Le voy a quitar esa verruga enorme de la nariz!

—¡Oh, no, por favor, no! —gritó Carlos—. Por favor, por favor, no me hagan daño!

Pero las brujas no lo escucharon. Lo sujetaron fuertemente y la más fea de las brujas le tocó la nariz con su dedo huesudo.

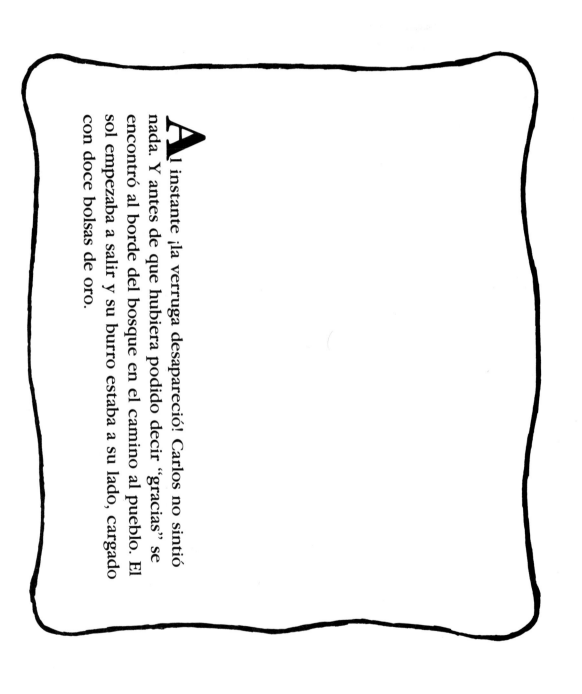

Al instante ¡la verruga desapareció! Carlos no sintió nada. Y antes de que hubiera podido decir "gracias" se encontró al borde del bosque en el camino al pueblo. El sol empezaba a salir y su burro estaba a su lado, cargado con doce bolsas de oro.

arlos se apresuró a ir a su casa, con la canción de las brujas resonándole todavía en los oídos:

Lunes y martes y miércoles — ¡tres!
Jueves y viernes y sábado — ¡seis!

Cuando Carlos entró a su casa, Ana corrió hacia él y le echó los brazos al cuello. —¿Dónde has estado? —exclamó—. ¡Estaba tan preocupada!

Entonces Carlos le enseño el oro y Ana escuchó su relato con gran sorpresa. —Ahora somos tan ricos como Ricardo —dijo Carlos—. Y mi verruga ha desaparecido.

Justamente en ese momento, Ricardo acertó a pasar por allí. Oyó hablar a Ana y a Carlos y entró rápidamente en su casa.

—¿Cómo conseguiste tanto oro? —le preguntó a Carlos. Cuando Carlos le contó a su primo lo que había ocurrido, Ricardo lo agarró del cuello.

—¡Llévame a la casa de las brujas! —le exigió.

—Pero, ¡no puedo! ¡Tengo miedo! —gritó Carlos—. ¡Pueden enojarse si te enseño dónde viven!

—¡Tonterías! —gruño Ricardo—. Eres un egoísta. Si no me llevas, le diré a la policía que me robaste el oro. ¡Nadie va a creer tu cuento de brujas!

Y así fue como Carlos aceptó. ¿Qué otra cosa podía hacer? Ricardo preparó su burro mayor y, al atardecer, los dos hombres regresaron a la montaña. En cuanto oscureció, Carlos se trepó a un árbol y encontró la luz que había visto la noche anterior.

Caminaron a través del bosque hasta que llegaron frente a una casa extraña, en la que las brujas cantaban su nueva canción:

Lunes y martes y miércoles — ¡tres!
Jueves y viernes y sábado — ¡seis!

Antes de que Carlos pudiera detenerlo, Ricardo subió corriendo los escalones. Empujó la puerta y cantó con fuerza:

Y DOMINGO, ¡SIETE!

Otra vez la canción se interrumpió. Las brujas agarraron a Ricardo.

Una graznó: —¿Por qué estropeaste nuestra bonita canción?

—¿Por qué le añadiste palabras que ni siquiera riman? —chilló otra.

Ricardo pateó y se retorció y forcejeó, pero las brujas eran fuertes. Lo sujetaron firmemente mientras que la más fea de las brujas le tocaba la nariz con su dedo huesudo. Y desde donde estaba parado Carlos pudo ver que la nariz de Ricado ahora tenía ¡DOS grandes verrugas!

Antes de que pudiera darse cuenta de lo que había pasado, Carlos se encontró de vuelta en el pueblo. Dos días más tarde, Ricardo regresó cojeando al pueblo. Sin oro y con dos verrugas en la nariz.

Carlos y Ana vieron a Ricardo caminar lentamente hacia su casa. —Pobre Ricardo —dijo Ana—. Lo único que sabe es hacer dinero. ¡Cómo me alegro que tú sepas hacer rimas!

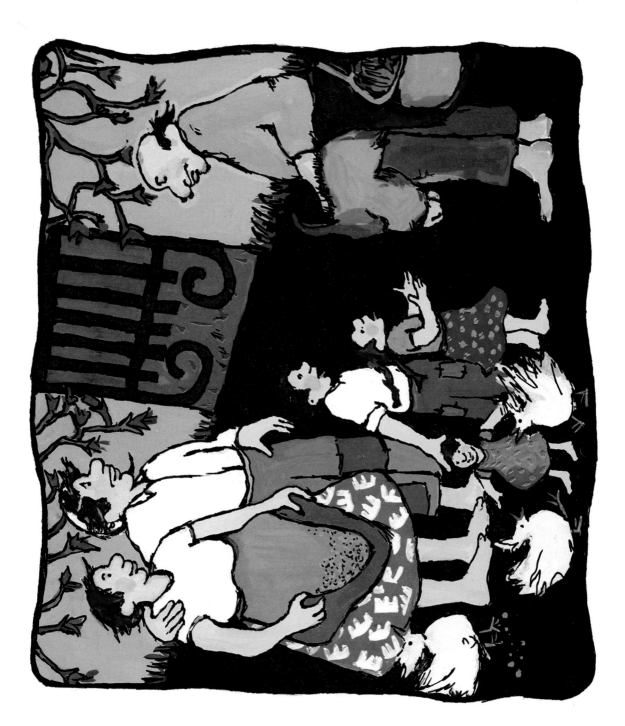

Carlos se tocó la nariz pensativo y sonrió. —Así es, querida. Así es.

Y entonces Carlos y Ana se echaron a reír. Y muy divertidos, empezaron a bailar y a cantar:

Lunes y martes y miércoles — ¡tres!
Jueves y viernes y sábado — ¡seis!
Pero no cantaron: Y domingo, ¡siete!

ROBERT BADEN ha sido maestro de inglés por más de treinta años, primero en Nebraska y ahora en California. Él y su esposa Marian tienen cuatro hijos; sus dos nietos son su público preferido a la hora de leer y escribir cuentos. Disfruta encontrando cuentos folklóricos y recontándolos, especialmente los que tienen versiones similares en distintas culturas.

MICHELLE EDWARDS estudió grabado en la Universidad de Iowa. Su obra ha sido exhibida a través de todo el país. Vive en St. Paul, Minnesota, con su esposo y sus dos hijos. Antes de ilustrar *Y Domingo, Siete*, Michelle había escrito e ilustrado otros dos libros infantiles.

ALMA FLOR ADA nació en Cuba y vivió en España y en el Perú y ha viajado ampliamente por Hispanoamérica. Ha sido educadora por muchos años. Tiene cuatro hijos bilingües. Aunque le encanta la vida en general, nada disfruta tanto como escribir y traducir libros para niños.

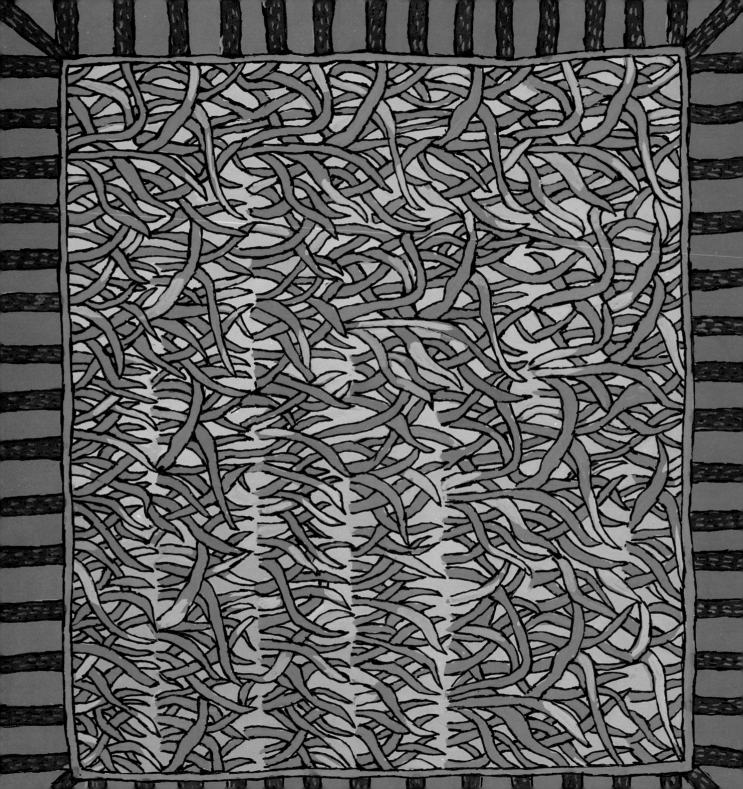